MON PAYS.

ÉTUDES POÉTIQUES SOCIALES.

Typographie et Lithographie FÉLIX MALTESTE et Cᵉ, rue des Deux-Portes-St-Sauveur, 18

MON PAYS.

ÉTUDES POÉTIQUES SOCIALES,

PAR D'ÉPAGNY,

Auteur des comédies en vers :
De Luxe et Indigence. — L'Homme habile. — Lancastre.
— Les Hommes du lendemain.
Des comédies en prose : De Dominique le possédé. — Jacques Clément —
Joscelin et Guillemette. — Les Préventions,
toutes restées aux premier et second Théâtre-Français. —
De plusieurs autres œuvres dramatiques, morales ou littéraires, etc., etc.

PARIS,

CHEZ LES PRINCIPAUX LIBRAIRES,

ET CHEZ L'AUTEUR, RUE DES CANETTES, 7 ET 9.

1848

NOTE DE L'ÉDITEUR.

Les Études sociales poétiques ne devaient paraître que dans quelques mois.

Elles offraient un cadre beaucoup plus étendu.

Notre jeune révolution, en interrompant ce travail au milieu de son cours, détermine l'auteur à publier sur-le-champ ce qu'il en avait achevé déjà.

Commencées dès la fin de 1846, lues à la Société philotechnique et dans plusieurs réunions, les Études sociales ne doivent pas être perdues pour l'auteur, s'il est surtout quelque mérite dans les tableaux hardis et prophétiques que d'avance il avait tracés des souffrances de son pays.

Toutes nos questions vitales actuelles, politiques, philosophiques et même poétiques, vont donner lieu à des études nouvelles. — L'auteur continuera les siennes avec la même ardeur.

Il plante seulement aujourd'hui son premier jalon.

Le temps n'est plus aux vers, dit-on. — Cela est certain, mais on les écoute encore, quand ils essaient de graver en bronze quelque pensées vraies dans les esprits. — C'est la monnaie qui paie la dette du poète à sa patrie; elle ne peut cesser d'avoir cours.

AU LECTEUR.

Je tente une œuvre nouvelle par son fonds moral et sa forme poétique.

Je la baptise d'un nom sacré :

Mon Pays !

Je la lui dédie.

Je la crois utile — tel est mon vœu. — C'est aussi mon ambition et ma récompense.

LIVRE PREMIER.

PREMIÈRE ÉTUDE.

. . . .

. . . . . et je me demandais comment le pays, après cinquante ans de lutte pour sa délivrance... après tant de malheurs et de crimes, tant de larmes et de sang versés, oubliait les leçons d'un passé si terrible, et ne voyait pas qu'on le ramenait à ses anciennes misères !

. . . . . alors j'élevai la voix, disant :

NIAIS ET FOURBES.

Salut, pauvres d'esprit! gens riches d'ignorance
Qui n'avez pas ouvert une Histoire de France.
Salut, gens seuls heureux! qui bêtement croyez
Que tout doit être ou fut tel que vous le voyez;
Estimant chaque abus, chose aussi naturelle
Pour vous, qu'un champ noyé par la pluie ou la grêle,
Et d'habitude enfin, traînant votre licou,
Finissez par le croire un des muscles du cou!
Salut!... votre destin malgré moi m'intéresse...
Insensibles au joug dont le poids vous oppresse,

Ma pitié doit vous plaindre et non pas vous blâmer !...

Mais vous qui voyez clair !... vous qui vîtes fermer

Le gouffre des fléaux, des erreurs désolantes

D'où sortirent, mille ans, nos misères sanglantes !

Vous, traîtres ! qui savez à quel prix douloureux

Le pays a comblé ce précipice affreux !

Vous ! montés sur le char, où sont nos destinées ;

Vous ! qui le ramenez aux routes surannées

En laissant recreuser et rouvrir à nos yeux

Cet abîme !... encor plein des pleurs de nos aïeux !

Vaniteux maladroits ! quelle est votre espérance ?

Vendre, à votre profit, ce qu'a sauvé la France ?

Vous n'aurez pas le fruit de vos marchés impurs !

Du passé rétabli, vous !... suzerains futurs !

Jamais !... oubliez-en la promesse menteuse !

Il est trop de truands, à la face honteuse,

Qui poussaient avec vous le char vers le fossé...

Un sur cent !... n'est pas sûr d'être récompensé !

Les autres... sort fatal, que la justice accueille,

Se verront rejetés de l'éphémère feuille

Du nouveau livre d'or !... et changeant de couleur,

En fiers républicains draperont leur douleur !

Fous et sots ! vous aurez, au sein de la patrie,

Remis le despotisme avec la barbarie !

Vous allez voir les fruits de votre trahison,

L'argent, le privilége, étouffant la raison,

De nos droits oubliés feront les funérailles !

Le volcan de l'orgueil vomira ses entrailles !

Sous sa lave, avec nous, vous serez enterrés !...

Mais, la lave est féconde aux champs régénérés...

Il faut que son ardeur ait consumé les terres,

Tari profondément tous les sucs salutaires,

Puis quand tout est détruit... mort sur le sol tout noir...

La nature immortelle y reprend son pouvoir !

Ainsi, la dignité d'un peuple, qu'on croit morte,

Est comme la nature, elle revit plus forte,

Des jets plus vigoureux, poussent dans les débris,

Et l'orage passé laisse des prés fleuris !

12 octobre 1846.

N. B. Les huit premières Études sociales poétiques étaient connues, mais non publiées, elles avaient été lues à deux séances de la Société philotech-nique, plus d'un an avant notre régénération.

La dernière étude seule, *la Main divine*, date du 10 février 1848, nouvelle ère de la République.

DEUXIÈME ÉTUDE.

. . . .
. . . . . mais ton audace est folle ! — Que t'en reviendra-t-il ?... De
quoi te mêles-tu, malheureux ? Et qui t'a donné cette vaine mission ?

LA MISSION,

Présage affreux dont l'âme est oppressée,
C'est toi qui mets un crêpe à ma pensée !
Tous mes efforts sont vains pour l'arracher !
Quoi, l'avenir, que Dieu daigne cacher...
Tu le veux dire... ô pauvre Jérémie !
Qui donc soutient ta voix mal affermie ?
— Je n'en sais rien... La fleur de l'arbrisseau
Flotte emportée au courant du ruisseau...
Le ruisseau même, obéit à sa pente...
Ainsi je fais !... — S'il faut qu'on se repente

D'avoir agi contre sa volonté,

'Tel est mon tort!... — O belle Vérité!

J'ai cru te voir... et malgré les alarmes

Que tout mortel attiré par tes charmes

Doit ressentir!... malgré tous les malheurs

Dus à quiconque arbora tes couleurs,

Rien ne résiste à ton attrait céléste!

Je m'enfuyais... ton regard m'a dit : reste...

Je suis resté!... faible et pâle d'émoi,

Et tu m'a dit : viens... ta force est en moi!...

Tu dois m'aimer, car tu me trouves belle...

Et tu m'ass vue!... or, jamais œil rebelle

Ne se détourne et ne fuit mon pouvoir

S'il me rencontre et s'il a pu me voir!...

— Lors, je sentis une force attractive

Précipiter ma démarche craintive

Jusqu'au miroir, dont l'acier pur et beau

Me renvoyait l'éclat de son flambeau;

Je reconnus mon âme dominée,

Et qu'un mortel subit sa destinée!

— Ainsi l'on voit près d'un jet flamboyant

L'insecte ailé voler en tournoyant...

Puis adorant sa gerbe étincelante

Plonger son corps dans sa lueur brûlante!...

Un sort pareil, hélas! m'est-il promis?

— Oui, c'est le sort de mes meilleurs amis,

Dit la déesse, et la source première

Où leur courage a puisé la lumière

Pour l'épancher sur les faibles humains,

Presque toujours a mutilé leur mains!

Souffre comme eux!... C'est moi qui te l'ordonne,

Marche en mon nom! — O déesse, pardonne

Si ma faiblesse hésite à t'obéir...

A ton nom seul, chacun va me haïr!

Des sots pervers, comment braver la rage?

Eussai-je en moi, génie, esprit, courage,

Me croira-t-on?... La Vérité sourit...

Pauvre insensé!... que me fait ton esprit?

Faut-il pour moi, dit-elle, qu'on prépare

Des mots ornés?... est-ce que je me pare?

Avec ma force, il t'en faudra si peu!...

Sois un enfant qui tire une arme à feu!...

C'en est assez... monte ou baisse ta lyre

A tous les tons... sois froid... sois en délire;

Mais l'œil sur moi!... tu seras fort toujours!

On troublera le calme de tes jours

En t'insultant!... La cohorte en furie

Des ogres nains, qui mangent la patrie

Vivant d'abus... les veulent ramener...

Mais leur adresse à tout empoisonner

N'éteindra pas le flambeau qui t'éclaire,

Et la raison qui devient populaire

Te jugera loyal... comprenant bien

Qu'un serviteur à moi ne gagne rien,

Tandis qu'on a fortune et récompense

En déguisant la vérité qu'on pense !

Pour toi!... l'estime ou la compassion

Des gens de cœur... Va ! suis ta mission !

TROISIÈME ÉTUDE.

———

. . . .
. . . . il faut aussi que l'on sache à qui j'ai demandé l'inspiration de ma parole, afin que l'on m'écoute

INVOCATION,

Qui veille à ma course lointaine?
Ce n'est pas toi, vieil Apollon!
Ce n'est pas toi... muse hautaine,
Ni toi Pégase, humble étalon,
Engendrant du pied la fontaine
Qui coule au classique vallon!...
Nul aujourd'hui ne vous invoque...
Apollon m'inspire et me dit...
Est une phrase sans crédit,
Un sot exorde!... et qui provoque

Un petit sourire équivoque,
Effroi du poète interdit !

Que celui dont la voix pieuse
Veut parler à sa nation,
S'arme d'une autre caution
Plus solide et plus sérieuse !
Forte de sa conviction
Dans son épreuve glorieuse
Sa parole sans fiction
Sera puissante et gracieuse !

Et maintenant, je vous dirai pourquoi,
Dans ma parole il faut que l'on ait foi ;
Pourquoi la bile en moi, bout et s'allume,
Enfin, pourquoi j'y vais tremper ma plume.

Lorsque le vin, dès longtemps recueilli
Dans les caveaux, sous le sable a vieilli,
Vous savez bien qu'une sorte de rouille
S'attache au verre où ce vin se dépouille,
Puis, le nectar limpide et parfumé

INVOCATION.

Carresse alors votre palais charmé !

— C'était d'abord une boisson brûlante,

Dure et malsaine avec son âpreté ,

Le temps a fait la liqueur excellente,

Elle soutient et donne la santé !

Tels sont les fruits de la raison humaine,

Ils sont si beaux, même avant d'être mûrs,

Qu'à s'en nourrir leur aspect vous amène;

Mais ils font mal... leurs sucs verts sont impurs !

Ainsi, le corps humain ou politique,

Trop confiant d'abord, et puis sceptique,

Apprend à vivre enfin à ses dépens !...

Il devient sobre !... il voit qu'il faut du temps

Aux fruits du sol, aux fleurs de la pensée,

Et prend avis de l'époque passée.

Accueillez donc mes craintes et mes vœux !

Cinquante hivers ont blanchi mes cheveux !

Et j'ai puisé ma triste prescience

Dans ma mémoire et dans ma conscience !

Le sage a dit : Demande au souvenir

Par quel chemin passera l'avenir ?

J'ai demandé... La réponse est venue...

O source unique et toujours méconnue

De tous les maux par nos aïeux soufferts !

Source fatale où se trempaient leurs fers!

Je t'ai trouvée !... on te croyait tarie

Au soleil pur et clair de la raison !...

Erreur !... ton onde, au fertile poison,

Et les débris poudreux qu'elle charie

Déjà bouillonne au prochain horison

Pour le malheur de ma pauvre patrie!

QUATRIÈME ÉTUDE.

―――――

. . . . . et la main qui me montrait les dangers s'étendit sur ma tête en
signe de protection.

LA PROTECTION.

Ami !... l'entreprise où tu cours

Est noble et digne... mais prends garde!

Songe à cet immense concours

De gens à prunelle hagarde ,

Cherchant dans tes moindres discours

Un mot échappé par mégarde !

Songe aux intérêts différents

Des êtres heureux ou souffrants...

Au hasard qui fixe les rangs!...

Songe aux cuistres pleins d'insolence

Près du mérite humilié !

Songe aux pervers dans l'opulence

Près de l'homme intègre oublié !

Songe à l'avidité rapace

Du monopoliste odieux !...

A l'hypocrite insidieux

Tentant d'occuper tout l'espace

Qui nous est resté sous les cieux !

Car telle est la bizarre foule

Que nulle voix n'a pu régir !...

— Pourtant, que ta parole y coule

Et de ton sein fasse surgir

Un seul but qui la fasse agir,

Un pivot unique où tout roule !...

La déesse qui te rend fort

Te montre sa bannière insigne

Et te dit : tente cet effort !

Crois-moi... tu vaincras par ce signe !

— Marche à ces groupes opposés,

Que ces malheureux divisés

Par mainte bizarre folie

Viennent boire jusqu'à la lie

Tous les sucs amers déposés

Dans ta coupe, d'or embellie !

Que ces sucs alcoolisés,

Auxquels beaucoup de miel s'allie,

A la bouche fraîche et jolie

Plaise comme aux palais blâsés !

— Surtout, grave bien dans ton âme

Que tout pathos est abrogé ;

La poésie en noble dame

Est belle encore en négligé...

Descends ton langage imagé

Jusqu'au plaisant, sans qu'on te blâme,

Jamais poète au cœur de flamme

En son style n'a dérogé,

Il suffit que mon oriflamme

Flotte sur ton front protégé !

CINQUIÈME ÉTUDE.

. . . .

. . . . alors, mon cœur se remplit de courage, et je fus décidé. . . .

LE POÈME QUE JE RÊVE,

O déesse! je cède à ta voix ingénue!...
Ma muse, ainsi que toi, libre, pudique et nue,
Osera tout en ses hardis concerts.
Par le goût seul, désormais soutenue
Ma verve, et l'acier de mon vers
Ont déjà su briser les misérables fers
De la routine courroucée,
Et loin de la ligne tracée
J'élève et je mets dans les airs
L'édifice de ma pensée!

— Amphion eut sa lyre et ses enchantemens.

Moi, je veux tous les tons et tous les instrumens,

Ils me faut des accords étranges

Pour commander aux élémens.

J'aurai la harpe d'or des anges !

Puis du ciel descendu vers nos terrestres fanges,

Si je peins les combats et leurs jeux meurtriers

J'ai l'airain des clairons guerriers !

— Est-ce l'émail de la prairie

Avec le calme des hameaux ?

J'ai la cornemuse qui crie

Avec le son du chalumeau

Qui plus doucement s'y marie !

— Si le rustique me déplaît

De la naïve églogue, adieu le flageolet,

La trompette de l'*Énéide*

Me rend au sublime complet,

Et la robuste ophicléide

M'évoque et le sombre et le laid !

— Et s'il fallait passer du lugubre au burlesque,

Au style ou gothique ou grotesque,

J'y descendrais encore, en disant : empruntons

Les sons bâtards des mirlitons

Et de la guimbarde tudesque...

Car tous les genres, tous les tons

Sont dans l'édifice arabesque

Et c'est celui que nous tentons !

J'ai dit : — Glosez sur moi... contrôlez ma facture...

L'homme est borné dans son architecture,

C'est le droit divin seul qui met tout en son lieu,

Et qui joint l'harmonie au jeu de la nature !

Qu'un poème offre donc, en sa vaste structure

Un reflet de l'œuvre de Dieu !

FIN DU LIVRE PREMIER.

LIVRE SECOND.

SIXIÈME ÉTUDE.

<hr>

. . . .
. . . . . je vis alors, avec les yeux de mon âme.

LA VISION.

C'était le soir d'une chaude journée,

Le soleil nous quittait... son orbe radieux

N'éclairant plus la terre abandonnée,

Chargeait encor le ciel de ses brillans adieux !

— Près du ruisseau, dans la prairie,

Sous l'aulne et le saule abrité

J'étais couché sur une herbe fleurie,

Me sentant vivre, et dans la volupté

De cet état d'heureuse rêverie,

Doux précurseur d'un sommeil enchanté.

Ma paupière déjà commençait à se clore,

Sans sommeil cependant... Un calme tout nouveau

Assoupissant mon corps, éveillait mon cerveau !

Puis la pensée ardente y pénètre... et colore

L'étrange vision que j'y sentais éclore.

— D'abord l'humble horizon où j'étais circonscrit

Acquiert une étendue immense...

Il va d'un pôle à l'autre!... et soudain je commence

A voir par les yeux de l'esprit.

— Un chemin large et vaste occupe cet espace...

Je sens qu'il va plus loin... et qu'il ceint l'univers

Comme un cercle du globe... et je vois au travers !...

Mon regard y marche... il y passe !

Et ce chemin luisant, nouveau cercle des cieux,

Dessinant sa trace argentée

Y fait une autre voie, aussi blanche et lactée

Qui le rend visible à mes yeux.

— J'y distinguai bientôt une armée innombrable,

Des millions de rangs, de nouveaux rangs suivis,

Du globe entier, ceinture inexorable,

Voyant avec dédain les peuples asservis,

Bêtement fiers de la garde honorable

Qui parade à leurs yeux ravis !...

Et cette armée aux couleurs éclatantes

Lançant au vent ses bannières flottantes

Aux sons guerriers des instrumens,

Peut-être avec cent mille régimens

N'a pas un seul soldat !... pas un seul, sous ses tentes !

Ce ne sont que des chefs aux fronts empanachés,

Sous le mortier, la mître, ou le turban cachés,

D'autres, le casque d'or, ou la couronne en tête !

Tous, marchant d'un air de conquête,

Sur de brillans coursiers juchés !...

— Et des héraults courant sur les flancs de l'armée

Criaient aux peuples à genoux :

Voici venir la reine bien aimée

Qui régit l'univers !... mortels, prosternez-vous !

Ainsi que le soleil ou la comète altière

Elle éblouit la terre tout entière !

Grâce aux rayons sans cesse étincelans

De son char lumineux en gerbes ruisselans !

Les héraults disaient vrai... mais cette multitude

De tant de chefs brillans, vers la reine tournés

N'avait d'autre soin, d'autre étude

Que de montrer quelle noble attitude

Gardaient leurs corps, humblement inclinés !

   Et quand rampant au pied des herbes,

   Par d'élastiques mouvemens

   Se décourbaient leurs corps superbes

   De leurs profonds prosternemens ;

On les voyait plus fiers, dans leur audace étrange

   Comme s'ils avaient ramassé

   Un surcroît d'honneur dans la fange

   Où leur front s'était abaissé !...

— Tel on nous dit que ce fils de la terre,

Antée, en la touchant de ses bras affaiblis,

En extrayait un secours salutaire,

Et des membres plus forts de nouveaux sucs remplis.

— L'éblouissant aspect de la phalange immense

   De ces maîtres de l'univers

Accablant mes esprits... j'étais comme en démence,

Et sans penser, mes yeux restaient ouverts,

Mais l'étourdissement de ma raison troublée

Me laisse voir pourtant dans l'illustre assemblée

   Quelques fronts purs, marqués d'un astre heureux

   Rayonnant seuls d'une lueur sereine

Et ne reflétant pas de la superbe reine

    L'éclat dont ils brillaient par eux !

— A peine je les vis, car la foule m'entraîne

    A genoux, dans ses flots nombreux,...

    Bref, ainsi qu'elle, en mon extase

    Je me mets à tendre les mains

Vers ces arbitres nés du repos des humains,

Afin que leur pitié dans leur suite me case !...

Et qu'il me soit permis de comprendre et de voir

Cette reine du globe, esclave en son pouvoir !...

    A l'instant la Vérité passe,

    Me prend la main, et me dit :... Va !

Soudain, comme un nuage emporté dans l'espace,

Jusqu'au firmament bleu son souffle m'enleva !

SEPTIÈME ÉTUDE.

—◦●◦—

. . . .
. . . . . . et comme tous ceux qu'emporte en haut l'esprit de vérité, je
fus saisi d'épouvante, lorsque la lumière entra dans mes yeux.

LA REINE DU MONDE,

Et sa .voix dit encor !... — sous ma forte tutèle,

Calme, et de la hauteur où je te fais monter,

Tu peux, du monde entier, voir la reine immortelle !

— De l'immortalité comment donc jouit-elle ?

Pensai-je. — Elle en jouit, tu n'en pourras douter

Dès que tu connaîtras la source de sa vie...

  — Quel sera ton étonnement !

De la terre elle est née, et la terre asservie

A sa fille adorée obéit constamment,

  Toujours au moindre vœu servie,

Sans que jamais à son commandement

Nul de ces sujets ne dévie.

— Prodige qui confond mon bon sens révolté ;

Par quel charme inouï, par quel art, quelles veilles,

Cette reine, ou plutôt cette divinité,

A-t-elle éternisé son règne de merveilles?

Et je plonge à l'instant mon regard curieux

Sur la resplendissante voie

Éclairée aux reflets de son char glorieux!...

— Il porte celle à qui la terre envoie

Son espoir, ses désirs, presque religieux !

La voici... mon cœur bat de joie !...

Je saurai les secrets que son génie emploie

Pour composer le bonheur des mortels,

Dont les plus grands lui dressent des autels!...

— Malgré les flots d'encens qui me l'avaient cachée

Je la découvre enfin, nonchalamment couchée,

Que fait-elle ?... Est-il vrai ?... Mes yeux sont-ils trompés ?

De la main qui peut tout, les doigts sont occupés

A plonger en riant, de l'air le plus folâtre,

Un long tuyau de paille en un vase d'albâtre,

Puis, d'un souffle pur et léger

Sa bouche, dans les airs, lance et fait voltiger

En se jouant, la bulle savonneuse,

Où se peint des objets l'image lumineuse...

Bulle éphémère, hélas!... c'est avec passion

Que je la vois poursuivie, admirée!

Du bonheur la foule altérée

N'en reçoit que l'illusion!

Elle échappe à ses vœux comme l'occasion

Dont une faible main ne s'est pas emparée!

Puis dans la vapeur éthérée

Fantôme, ombre, dérision!

Disparaît pour toujours! et toujours adorée!

— Je l'ai donc vue! et dans sa majesté,

La reine qui jouit de l'immortalité!

Fille de ses sujets, dont les cœurs d'âge en âge,

Lui sont, pour l'amour d'eux, pleins de fidélité,

La reine à qui le fou, le sage

Doivent tribut, rendent hommage,

La seule reine enfin au règne incontesté!...

C'est la reine du globe! .. et c'est la VANITÉ!...

— Et sur mes yeux mortels celle qui me protège

Ayant posé ses doigts puissans

Je vis, non sans pitié, ce sublime cortège

Qui tout à l'heure éblouissait mes sens,

Et tout ce fol éclat, qu'avec les yeux de l'âme

Je reconnus risible autant qu'infâme !

— Presqu'aucun de ces chefs, me dit la Vérité

N'est là, pour l'avoir mérité.

Je l'écrivis mille fois dans l'histoire.

Aux peuples confians qui les ont voulu croire.

Tous ont constamment répété :

« Reposez-vous sur nous du soin de votre gloire!

» De votre honneur, de votre liberté!... »

Les peuples ont versé leurs sueurs précieuses

Pour enrichir ces fourbes prometteurs,

Ils ont versé leur sang, déplorables acteurs,

Dans leurs querelles furieuses ;

Et surtout sots admirateurs

De leurs gloires ambitieuses!

Comme autrefois les juifs, dans leurs joyaux détruits,

Adoraient les veaux d'or par eux-mêmes construits!

— L'esclavage apparut... déception cruelle !

Pleins d'effroi, les pauvres humains,

Dans quelques nobles cœurs cachent leur clientèle !...

L'orgueil alors, de ces avides mains,

De la douce pitié ferme tous les chemins !

L'orgueil !... ose toucher cette chose sacrée !

Le malheur ! et s'en faire une horrible curée !...

    Pourquoi donc admirais-je, hélas !

Ces chefs qui fasciaient ma raison égarée ?

    C'est que je les voyais d'en bas !

Mais je les vois d'en haut ces maîtres de la terre !

    Cette élite de l'univers,

    Qui par un étrange mystère

    Ont fait passer pour salutaire

    L'abus de leur pouvoir pervers !

Je les vois comme ils sont, et sans ce vain prestige

    Qui tint le monde à leurs genoux

Aux temps passés... passés !... hélas ! que dis-je ?

    Ils semblent revenus pour nous !

Déesse !... ton flambeau, sous sa triste lumière,

M'offre nos vieux abus et nos vieux préjugés

    Encor debout avec leurs noms changés,

Mais toujours jaillissant de leur source première !

Nos charlatans du jour les disent abrogés !

    Leur vaine faconde proclame

A peu près en ces mots notre bel avenir ;

   « C'est la raison, mes frères, qui réclame

   » Vos droits sacrés que l'on osait bannir !

» Les voilà, chers amis !... que le bonheur compense

     » Vos longs tourmens qui vont finir !

   » Ils sont venus, les temps qu'il faut bénir,

» Les temps où l'homme probe aura sa récompense !

» Où le rang, les honneurs, si lâchement vendus,

» N'iront plus qu'au mérite, auquel seul ils sont dus ! »

   Oracles faux, comme ceux des sybilles !

Ils ne vous ont pas dit, les fourbes trop habiles,

Que seuls, en cette lice, ils viendraient cuirassés,

Et qu'une armure d'or, sur leurs membres débiles

Repousserait toujours vos efforts insensés !...

Qu'aux modernes champs clos où le tournoi se livre

Le pauvre, hélas ! combat pour qu'on le laisse vivre !

Tel un serf d'autrefois, qui se serait jeté

Sur des hommes de fer, malgré sa nudité !...

— Honte et douleur !... qu'on rende à mes yeux le nuage

Qui me cachait mes maux, plus grands qu'au moyen-âge !

— Et qu'importe, en effet, pour moi, d'être écrasé

Sous la masse de fer d'un vieux baron croisé

Qui ma rendu vassal sous l'effort de sa lance?

Ou bien , d'être broyé, corps et cœur, en silence,

Grâce au progrès fatal qui nous est advenu

Sous les lingots d'argent d'un crésus parvenu ;

A qui ses durs travaux, avec ses gains iniques,

Ont fait l'âme d'acier, comme ses mécaniques ?

Serf d'un homme autrefois... le pauvre sans appui,

D'une machine enfin, devient serf aujourd'hui !...

      Divinité belle et terrible

      Sauve-moi cette image horrible !

Elle me tue !... Alors mon œil de pleurs noyé

Se levait suppliant... le sien m'a foudroyé !

— C'est donc la Vérité dont ta vue est blessée !

Dit-elle... Homme sans force !... aux vœux irrésolus...

Pour détourner de moi ton œil et ta pensée

      Ne tente pas des efforts superflus :

Entré dans mon chemin on ne recule plus !

      Il faut tout voir... un spectacle effroyable

Pour celui que j'instruis, est toujours digne et beau.

      Et la déesse impitoyable

Sur mes yeux désolés ramena son flambeau.

HUITIÈME ÉTUDE.

———•••———

. . . .
. . . . . . l'espérance trompe le malheureux jusqu'au tombeau.....
L'homme n'est fort que lorsqu'elle est perdue.......

L'ESPÉRANCE.

Dans l'espace et l'immensité,
Tandis que j'étais emporté,
Il me sembla qu'une voix consolante
Enveloppait de mots pleins de bonté
Mon âme blessée et dolente !

Les chers accens de cette voix
Dans les mauvais jours de ma vie,
Avaient frappé plus d'une fois
Mon oreille émue et ravie ;
Mon courage alors renaissait,

Mon cœur battait plein d'assurance,

Car celle qui m'apparaissait

Charmait tout !... C'était l'Espéranee !

— Oh viens !... lui criai-je en pleurant !

Je t'appelle !... je te réclame !...

Prends dans tes bras mon corps mourant

Par les tortures de mon âme !

Et la voix me répond :... mais hélas !... ce n'est plus

Son doux accent mélancolique,

Ni son sourire.... elle est grave, et s'explique

Sans nul détour, en termes absolus !

— Je viens doubler encor ta peine trop cruelle

C'est mon regret... c'est mon devoir, dit-elle.

MOI.

Qui ? toi !.. doubler mes maux ?.. toi l'ange de douceur !

Toi ! des infortunés, la compagne et la sœur !...

L'ESPÉRANCE.

Je ne me donne point pour telle....

Ne cherche pas en moi comme on l'a répété,

Cette fille du ciel, à la main généreuse,

Qui des vœux des mortels, trace la liste heureuse

Et n'en a jamais rejeté...

A la déception mon art tout favorable

Sait endormir le mal, au lieu de le guérir,

Pour qu'il ne fasse plus souffrir

Et pour qu'il devienne incurable !

Qui? moi !... venir du firmament?...

Sur ce globe fangeux, sois sûr que je suis née

Fille de la folie et de l'entêtement,

Que l'homme, a dans sa destinée.

Je le charme et le flatte enfin

Du succès de ses rêveries,

L'enchaînant dans mes tromperies,

De son berceau jusqu'à sa fin !

MOI.

Je n'entendrai donc plus ta parole dorée,

Je la regrette encor malgré sa fausseté.

L'ESPÉRANCE.

Ton oreille en sera sevrée,
Tu l'entendis souvent, lorsque la vérité
De ta raison ne gardait pas l'entrée.
Aujourd'hui si j'accours à tes cris douloureux,
Mes consolations ne seront plus perfides ;
Plus de mots sonores et creux,
Dont je formais des phrases vides,
Pour amuser les malheureux ;...
A présent ma main ferme et sûre,
Jusqu'au fond sonde une blessure.

MOI.

Eh ! que m'importe désormais
Ta franchise austère et farouche !
Le mot qui console et qui touche
Je ne l'entendrai plus jamais
S'échapper joyeux de ta bouche,
Comme au temps où tu me charmais !

L'ESPÉRANCE.

Non, mes paroles à cette heure
Ne te berceront plus de rêves décevans.

MOI.

Hélas! ce sont mes rêves que je pleure!
De mon bonheur, c'étaient les fantômes vivans!

L'ESPÉRANCE.

Dis-leur adieu!... Plus d'ombre qui te leure,
Sois courageux devant le mal,
N'espère plus qu'en son excès fatal,
Voilà ta véritable et ta seule espérance.
Viens, qu'un éclair de plus, jusqu'au fond de tes yeux,
Te montre en son entier, ton opprobre odieux,
Et le degré profond de ta souffrance!
Car tu ne peux la soupçonner encor,
Toi surtout, qui rêvais un nouvel âge d'or,

Promis à la raison croissante,

Sans voir que depuis deux mille ans,

La ligue toujours renaissante

Des fourbes unis aux tyrans,

Rendait cette promesse absente !

— Et d'où donc, nous viendrait tant de félicité ?

De quel droit serions-nous meilleurs qu'au moyen-âge ?

A-t-on plus de vertus et plus de charité ?

Pour être plus instruit, ton siècle est-il plus sage ?

Peut-on, sans croire à Dieu, servir l'humanité ?

Ce fut le Dieu sauveur qui maudit l'esclavage ,

Mais les hommes pervers l'ont toujours respecté,

Et leur audace en osa faire usage,

Même, lorsqu'il porta le nom de Liberté !

MOI.

Non ! tu mens !... tu médis, du ciel !... et de la terre !

L'ESPÉRANCE.

Pour voir s'évanouir tes regrets superflus!

Je vais ressusciter les temps qui ne sont plus ;
    Compare.... et vois, s'il faut te taire.

MOI.

J'accepte !... à mon secours !... humanité ! raison !
    Morale ! piété ! sage philosophie !
Étouffez cette voix , qui si haut vous défie !...
Et qui du désespoir me verse le poison !

NEUVIÈME ÉTUDE.

———

. . . . . . C'est l'orgueil qui amena l'oppression sur la terre... et l'oppression mène à la barbarie...

LE COLISÉE DE ROME.

Et la querelle acerbe, ainsi fut terminée :

Alors un bruit encor inentendu
Sortit des profondeurs de la terre étonnée,
Dans sa rotation, son globe suspendu
S'élance en sens inverse, et retourne éperdu
Dans son ornière abandonnée !
Le monde rétrograde à ces temps anciens,
A cette époque où Rome, en son luxe incroyable,
Pouvait permettre à ses patriciens

D'offrir d'une âme impitoyable,

Le sang des serfs vaincus au plaisir effroyable

De ces affreux rois plébéiens !

— J'allai m'asseoir au cirque immense,

Et l'horrible spectacle au même instant commence.

Mille gladiateurs, en cohortes rangés,

S'avancent l'un sur l'autre, en deux corps partagés,

Un combat sans pitié... la mort ou la victoire,

Car les cinq cents vaincus devaient être égorgés.

Tel était l'édit du prétoire

Dont six tribuns étaient chargés.

— Mais avant d'affronter des chances si fatales

Et tout près d'en venir aux mains,

Courbés en suppliants, vers les superbes stalles,

Où sur la pourpre assis, les premiers des Romains,

Empereurs, sénateurs, augures et vestales,

S'apprêtaient à jouir de ces jeux inhumains ;

Des deux chefs de ces corps à la voix ferme et lente

J'entendis par deux fois, la parole dolente...

Ils disaient en pleurant : « Peuple roi... voyez-nous !

» Mille hommes désolés tombent à vos genoux !

» N'augmentez pas l'horreur de nos misères,

» Vaincus, soumis, n'exigez pas

» Que nous plongions nos bras dans le sang de nos frères!

» Pour nous sauver nous-mêmes du trépas!

» Laissez-nous concourir à la grandeur romaine !

» Ces mille bras, par vous du glaive armés,

» Contre vos ennemis se lèveront sans peine ;

» Vous serez bien servis !... et vous serez aimés ! »

— « Rome ne se sert pas du bras de ses esclaves.

» Elle a ses légions de braves,

» S'écria le Préteur... Au gré de ses désirs,

» Ils vivront... ils mourront... elle a droit sur leur vie...

» Si d'un combat sanglant elle a montré l'envie

Ne retardez point ses plaisirs. »

Et tournant ses regards vers l'immense assemblée

Il vit qu'on approuvait la lutte ainsi réglée,

Et jusqu'aux filles de Vesta,

Tous, sans pitié, tant l'orgueil rend barbare,

De leur pouce cruel font un signe bizarre :

Aussitôt pour la mort, tout le cirque vota ;

Les clairons, soudain, répondirent.

— Le combat fut superbe à voir ;

Les deux corps opposés, dans leur fier désespoir,

L'un sur l'autre élancés, fondirent.

Tout un côté périt, selon l'ordre porté...

Et, sur le sol ensanglanté,

Deux cents tristes vainqueurs, en s'éloignant, maudirent

Les maîtres tout puissans qui, d'un air transporté,

De toutes parts les applaudirent.

— Un repos de quelques instans,

Nécessaire, pour qu'on entraîne

Les morts qui gissaient dans l'arène,

Suivit... Les spectateurs, du reste, étaient contens,

Et leur cent mille voix, qui s'échappent ensemble,

Font un bruit déchirant, rauque et dur, qui ressemble

A celui des cailloux incessamment roulés

Sur la grève, où la mer les pousse et les assemble,

Ou bien à l'ouragan qui des monts désolés

Traverse la forêt qui tremble...

Et puis, c'est qu'on attend avec émotion

Le plaisir vif, d'un spectacle plus rare,

Dont la pompe étrange et barbare

Complétera la récréation !

Ce sont des criminels que la ville opulente

A ce supplice atroce a condamnés !

Ils viendront expirer sur l'arène sanglante

Où, tigres et lions, vont être déchaînés !

— On a réuni là, des plus lointaines terres,

Hippopotames, ours, éléphans et panthères

Qui s'y verront mêlés de toutes parts,

Aux taureaux, aux chacals, aux loups, aux léopards.

— Tout ce que l'univers peut envoyer à Rome

En monstres curieux par leur férocité

Sont là... telle est sa volonté

De sang et d'or toujours moins économe.

Enfin, pour exciter la trop lente fureur

De tous ces instincts sanguinaires,

Un groupe épouvanté d'animaux débonnaires,

— Biches, daims et chevreuils y fuit avec terreur.

Bientôt les cris plaintifs de ce troupeau timide

Par des rugissemens sont éteints et couverts.

On voit rougir le sable humide !...

Les chacals ont fouillé dans les corps entr'ouverts...

L'odeur du sang... monte... elle est respirée

Par tous ces monstres furieux...

Et des Romains, la foule, aux regards curieux,

Comme les animaux en paraît enivrée !

Une confusion d'affreux bruits inconnus,

Plus effrayants, plus soutenus

Que les grondemens du tonnerre,

En déchirant les airs, ont fait trembler la terre ;

— Le cirque entr'ouvre alors l'arène qu'il enserre...

Et l'on y fait entrer !... des hommes demi-nus !

— Quels sont ces malheureux?... quel forfait exécrable

Leur mérita l'horreur d'un sort si déplorable?

— Ils eurent le grand tort d'aimer le genre humain ;

D'enseigner la sagesse et son équité sainte...

Ils ont blâmé les mœurs du grand peuple romain,

Qui se sera vengé demain,

Car il fait déchirer leurs corps dans cette enceinte...

— Ce sont d'autres martyrs encor,

Apôtres d'une foi plus belle ;

Ils prêchaient la bonne nouvelle
Qui déjà préludait à son divin essor!
Ils maudissaient l'esclavage et les guerres ;
Ils avaient crié : « Liberté ! »
Ils avaient dit : « Tous les hommes sont frères,
» Ils ont, tous, droit à la félicité !... »

O politique des vieux âges !
Prudence habile des tyrans !
Qui condamne aux bêtes sauvages
Ceux qui vont éclairer les peuples ignorans,
Les philosophes et les sages !

L'ESPÉRANCE.

Paix !... c'est assez !... respire !... et ne mets plus tes mains
Sur ton oreille épouvantée
Pour étouffer le bruit des fêtes des Romains :
— L'affreuse vision dans l'air est emportée ;
Rouvre tes yeux que l'horreur a fermés ;
Te voilà de retour à l'époque présente,
Grâce à ma bonté complaisante ;

Et voilà tes esprits calmés !...

Que ta raison maintenant se prépare !

A comparer des mœurs qu'un si long temps sépare !

— O juste ciel ! m'écriai-je indigné,

A quoi faut-il que je compare

Les excès d'un luxe barbare

De notre siècle à jamais éloigné !

On croit à peine à ces jeux détestables...

Aujourd'hui nos mœurs équitables

Ont un cachet de pieuse bonté !

Leur douceur a basé des lois plus charitables

Sur le respect de l'homme et de l'humanité ;

De la vertu, de la philanthropie,

Nous avons consacré les droits ;

Nul n'oserait, faire un effort impie

Pour étouffer leurs saintes voix !...

Tandis que je parlais, un rire aigre et farouche

Arrêta mon verbeux propos ;

Je sentis les sons et les mots

S'éteindre glacés, dans ma bouche.

J'étais comme paralysé...

Tout mouvement me semblait impossible...
Et cependant, une ardeur indicible
Faisait bouillir mon sang fébrilisé !...

Dans les marais du nouveau monde
On nous dit que souvent de malheureux oiseaux
Sont arrêtés mourans , comme par des réseaux
En voyant se glisser sous l'onde,
Un serpent, dont la tête immonde,
Leur darde son regard à travers les roseaux !
— Dans l'espèce de ma souffrance,
Et dans mon douloureux émoi ,
Il était peu de différence,
Quand le morne regard de la sombre Espérance
S'appesantit fixé sur moi !...

LIVRE TROISIÈME.

DIXIÈME ÉTUDE.

. . . .

. . . . . . Et mes yeux furent entièrement ouverts...

Serfs, comme les Romains, quand, sous le bas empire

Peuples dégénérés, ils furent descendus ;

Au temps, où, faible, pauvre, et chrétien, confondus

Vers la loi fraternelle où la bonté respire,

Au nom du Dieu sauveur s'élançaient éperdus !.,.

Notre sort est pareil ; il est peut-être pire !

   —Qu'est-il besoin de plus longs examens?

      Je le répète, et je le prouve ;

Ne me demandez plus, en quel endroit je trouve

Des divertissemens mêlés de sang humain?

Ah ! nous avons bien mieux que le cirque romain !

    — Qu'il est petit ce vaste colysée !

Que son enceinte immense est mesquine à mes yeux ?

Tout ce globe, offre un cirque, et des jeux odieux !

— Sur ses gradins, quelle élite est posée?...

     Quelle espèce de demi-dieux,

      Sous son mépris, sous sa risée,

Des populations tient la foule abusée?...

Et dans leurs coupes d'or, qu'ils remplissent, joyeux,

De la liqueur, pour leurs festins versée,

Boivent larmes, sueurs, sang, labeur précieux,

Dont, pour eux seuls, la terre est arrosée !

— Le Romain fier et dur, en ces temps anciens,

Était au moins grand dans sa barbarie :

Et ces horribles jeux païens

Faisaient de ses captiifs, devant les citoyens,

Un holocauste à la patrie...

Mais cet affreux usage était rare ; et toujours,

D'un citoyen romain, on respectait les jours!...

— Je compare et je vois, non plus nos vieilles races,

D'hommes, favorisés par le hasard du sort,

Mais d'autres grands, plus durs, vils parvenus voraces,

Nous parquer dans ce cirque où jusqu'à notre mort,

Gladiateurs nouveaux, nous déployons nos grâces *

Pour leur plaisir et leur confort!

Est-ce faux?.... Non, c'est pis, que dans la vieille Rome.

Nous souffrons plus longtemps... Un tigre tue un homme

En un instant.... pour nous, c'est la mort en détail ;

C'est la honte ou la faim ; c'est l'excès du travail....

Que l'on n'a pas toujours!... Car nos hommes de proie,

Ont une avidité qui ne peut s'assouvir,

Et sous l'or ou le fer, l'égoïsme nous broie !

---

* On sait que le gladiateur à Rome cherchait à prendre une attitude gracieuse
devant les spectateurs, même en expirant.

— Par la force du feu, qu'ils ont pu s'asservir,

N'ont-ils pas su forger une autre servitude ?

Et d'appauvrir le pauvre approfondi l'étude ?

Cœurs sans pitié ! métalliques cerveaux....

On les voit consentir à d'infâmes travaux

Dont le poids doit tomber sur l'enfance débile !

Rien ne les attendrit !... leur orgueil immobile

Verra s'étioler les santés , les couleurs ,

Ce printemps de la vie, où sont mortes les fleurs !...

— Ah ! malheureux ! qui, vers de tels systèmes ,

Par l'horrible Albion vous laissez entraîner !

Quoi ! vous ne craignez pas, d'être un jour anathêmes?

Vous, chrétiens! vous, du Christ, sachant les vœux suprêmes!

Vous, croyant l'Évangile , et l'osant profaner !

— Ne comparez donc plus notre temps d'infamie

        Avec l'époque des Romains ;

Les ténèbres régnaient sur la terre endormie.

Rome alors n'avait pas l'Évangile en ses mains!

Eh bien ! cet ordre affreux, qu'à peine je puis peindre,

Il règne dans l'Europe, et dans la France , hélas !

        De l'ignorer qui pourrait feindre ?

Il est le fruit des vices les plus bas.

    — Donc, en mon âme désolée,

    Vient habiter le désespoir;

Donc, à ces abusifs, qui veulent tout avoir,

A qui toute fortune ou puissance est allée,

    Vous céderez constamment le pouvoir

Et vous supporterez leur éternel outrage !...

—Non... La mesure est comble, enfin répondrez-vous?

Nous ne sommes pas faits pour mourir à genoux !...

Nous sommes plus forts qu'eux. — C'est vrai, votre courage,

Et votre nombre immense... et votre juste rage,

    Vous permettraient de tout oser

Un seul geste de vous pourrait les écraser....

Vous ne le ferez pas. — Leur adresse flexible

    Éternise pour vous la souffrance paisible...

Dans vos rangs chaque jour, ils vont se recruter,

Les plus forts d'entre vous, ceux qui, las de leur peine,

    Ne pouvant plus la supporter,

    Sont tout prêts à rompre leur chaîne,

A côté d'eux hélas ! consentent à monter !...

De la corruption, fatal et triste exemple,

    Pour le faible qui le contemple !...

C'est ainsi que toujours s'épaississent les rangs

Qui servent de garde aux tyrans!

Il faudrait pour qu'un jour s'opérât leur défaite,

Que le malheur, la honte, au comble parvenus,

Réveillassent les feux dans les cœurs contenus,

Et que pour tous les yeux la lumière fût faite !

— Ce bonheur !... tous nos vœux n'auront pu l'obtenir...

Peut-être qu'à nos fils le garde l'avenir...

Et peut-être... ils pourront, prêtant leur entremise

A de nombreux et longs débats,

Plus fortunés que nous ! arriver pas à pas,

Au sein de la terre promise,

Dont nos yeux ne jouiront pas!

Dieu, dans sa sagesse profonde,

Nous éprouve déjà depuis plus de mille ans ;

Il jettera les yeux, sur ce malheureux monde

Où son Christ adopta les pauvres pour enfans!

12 janvier 1848.

ONZIÈME ÉTUDE.

. . . . . . Et l'homme fort ne peut rien... Et l'homme faible peut exé-
cuter les miracles de Dieu....

LA MAIN DIVINE.

Et moi, tout plein d'ardeur à ma corvée,
Et dans ma conscience en trouvant tout le prix,
J'allais continuer mon travail entrepris,
Et la tâche encore longue à mes vœux réservée ;
   — J'allais prouver que rien ne s'accomplit
Qu'au temps précis où l'œuvre, en nouvelle structure,
A subi le travail voulu par la nature,
Et que c'est un devoir alors qu'elle remplit.
— Qu'ainsi, tous les abus dont l'homme s'exaspère,
L'esclavage, les maux qu'un peuple peut souffrir

Ont un terme fixé, que la raison espère,

Et qu'enfin les douleurs tendent à s'amoindrir,

— J'allais interroger l'histoire,

Ses fastes de honte et de gloire ;

Les burlesques abus, qu'on voulait rajeunir,

J'allais en flageller l'absurde souvenir...

Ma muse austère, alors, eût égayé son ire ;

De nos gothiques us, la sottise eût fait rire,

Et j'aurais su conter, en style gracieux,

Sur nos folles erreurs, des récits curieux ;

— J'aurais offert des peintures bizarres,

De nos progrès si lens, des réformes si rares,

Et prouvé qu'en tout temps, chez les fils des Gaulois,

Ce beau vase éternel, plein de nos justes droits,

Au feu sacré de la patrie,

Malgré la main de fer des rois,

A bouillonné toujours, par sa chaleur nourrie !...

— Bref, j'aurais, à l'instar de ces vieux matelots

Porteurs de cheveux blancs et de profondes rides,

Su tracer, à travers les écueils et les flots,

La course du vaisseau vers d'autres Hespérides...

— Enfin, d'après les lois de l'humaine raison,

Je n'attendais les fruits qu'au bout de la saison.

... Mais Dieu parle... un éclair déchire l'horizon

Ma déesse revient..: et son calme m'étonne;

Délivrance!... dit-elle;... entends le ciel qui tonne!

Au milieu de l'hiver, quand le ciel est serein,

Et vois l'arc du pardon, sur le nuage empreint!

— Détournant des palais, son œil, sur l'humble rue,

Dieu la protége enfin!... vois cette foule accrue!

    Vois ces passages entravés;

— Sais-tu d'où vient ce bruit qui t'environne?

    — Non.... — C'est le bruit d'une couronne

      Qui se brise sur des pavés!

Une couronne illustre!... à présent sans prestige;

Tous les fronts couronnés sont atteints de vertige,

    Ainsi l'a dit la voix de Béranger,

Dont, pour l'honneur du siècle, il m'avait plu d'élire

    La noble et prophétique lyre :

« Les rois s'en vont :... leur bon sens passager

    » Finit toujours par le délire,

» La leçon du malheur ne peut les corriger. »

A ces mots je frémis... puis j'élevai ma plainte

   Contre ma protectrice, et contre le devoir

Qu'en cédant à son vœu, j'avais rempli sans crainte.

    — Que voulais-tu de moi, Vérité sainte?

      Pourquoi m'armer de ton miroir ?

Pourquoi me disais-tu, va crier : « Plus d'espoir !... »

Avec ma faible voix, par un miracle éteinte?

      Dans quel but jeter en avant

Mon âme désolée, et pleurant nos détresses,

      Lorsqu'avec ton regard savant

Tu voyais dans le ciel les foudres vengeresses

      Suivre le doigt du dieu vivant,

Et sur la Babylone aux infâmes ivresses,

      Terrible ! déjà se levant?

C'en est fait!... le tonnerre étouffe la parole

      Du prophète sans mission...

La Vérité sourit avec compassion,

Disant : « Mon fils, garde encore ton beau rôle...

» Etudie à genoux, devant la Liberté,

» Et que ta voix, toujours à mon culte asservie,

      » Parle au nom de la Vérité,

» Ainsi que tu l'as fait tout le temps de ta vie !

» Console-toi, si tu n'eus pas le temps

» D'avoir tous les amours de ta muse adorée!...

» L'œuvre au pays offerte est une œuvre sacrée! »

—Merci, déesse!... adieu!... c'est tout ce que j'attends!

3 mars 1848.